Robert Feldhoff Dirk Schulz
INDIGO

SEX

Carlsen Comics

CARLSEN COMICS
1 2 3 4 05 04 03 02
© Carlsen Verlag GmbH . Hamburg 2002
© 2002 INDIGO Band 8
Dirk Schulz / Robert Feldhoff
Redaktion: Joachim Kaps und Antje Gürtler
Lettering: Delia Wüllner
Herstellung: XiMOX!
Druck und buchbinderische Verarbeitung:
Druckhaus Schöneweide GmbH, Berlin
Alle Rechte vorbehalten.
Nachdruck, auch auszugsweise, nur mit ausdrücklicher Genehmigung des Verlages
ISBN 3-551-74698-2
Printed in Germany

www.carlsencomics.de

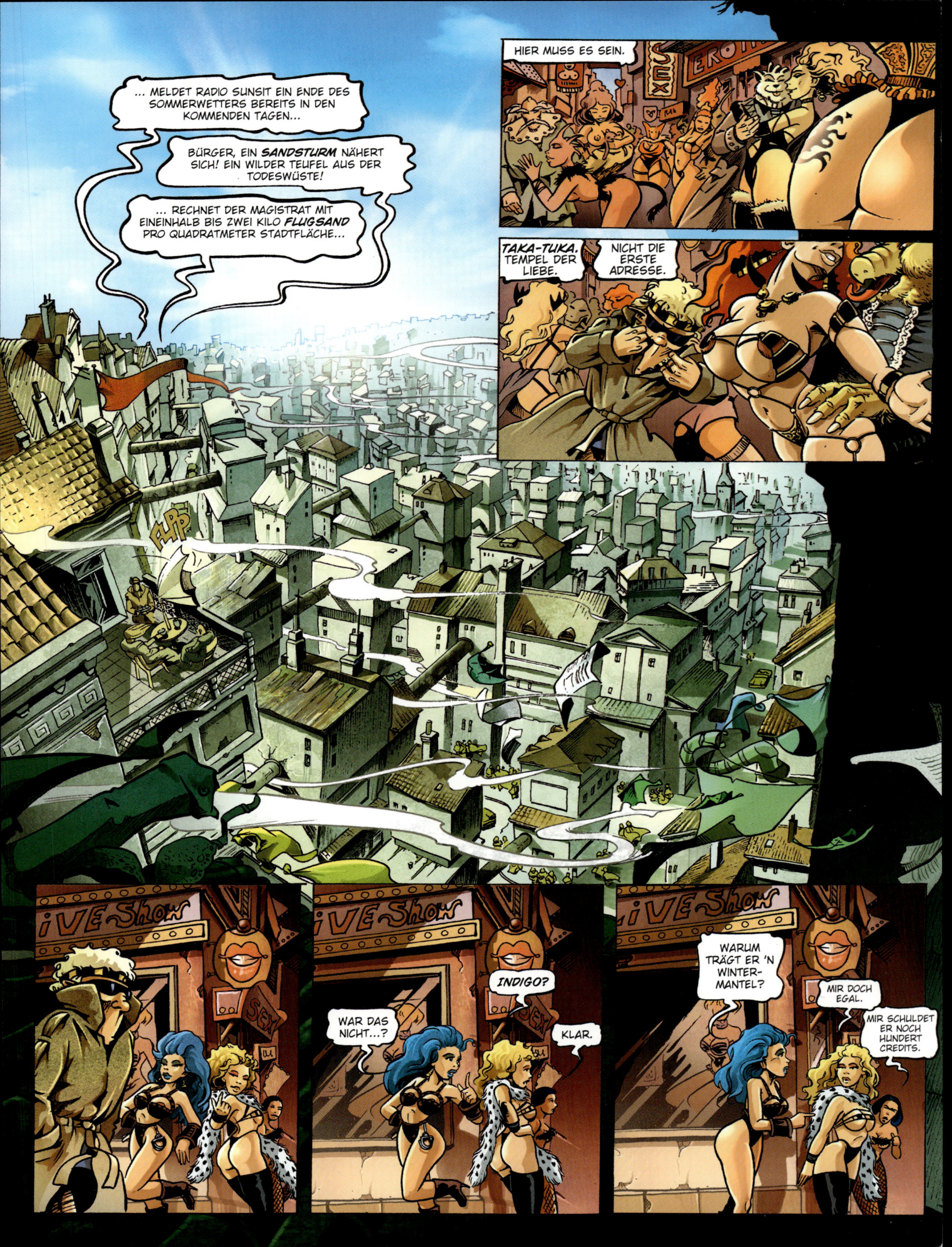

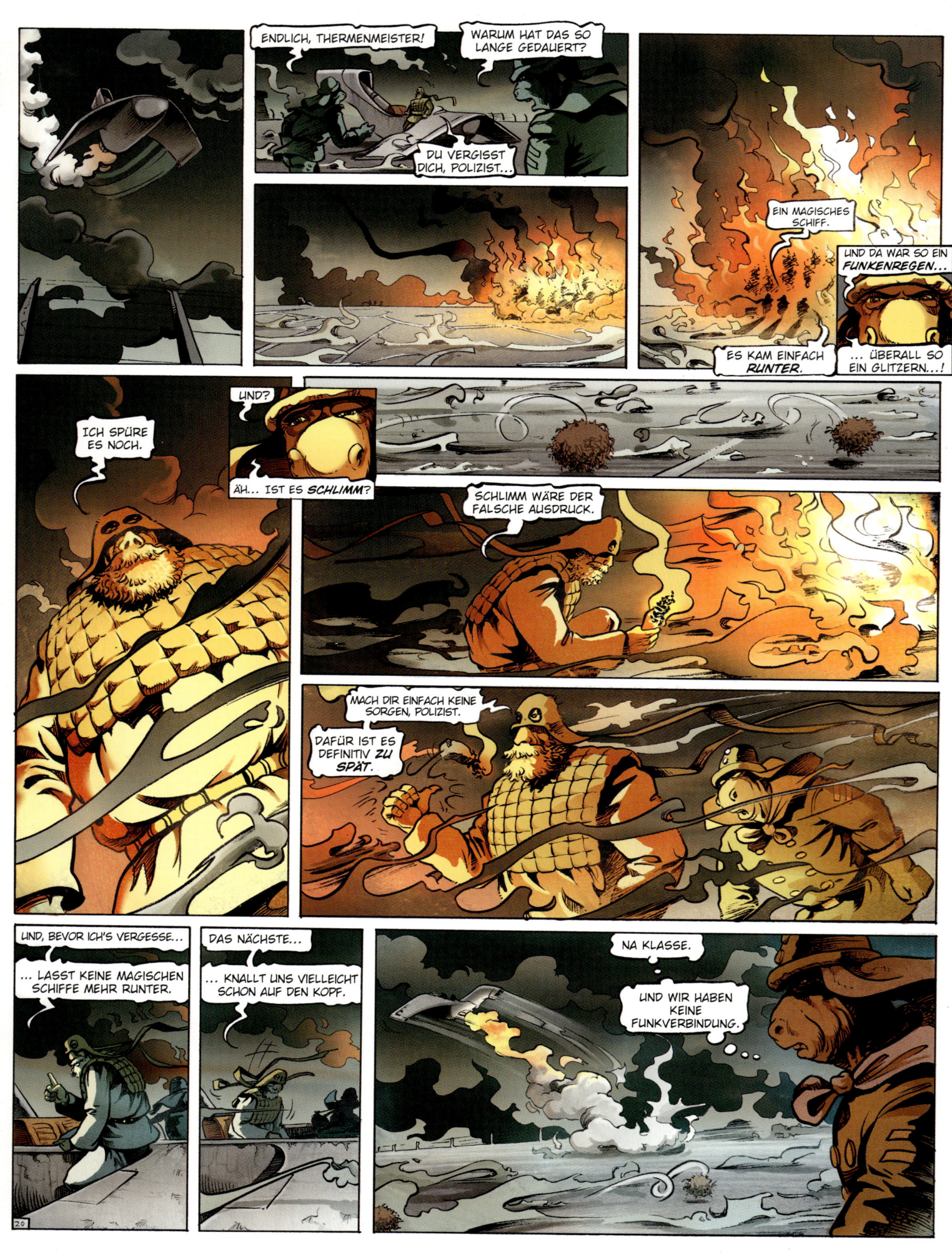

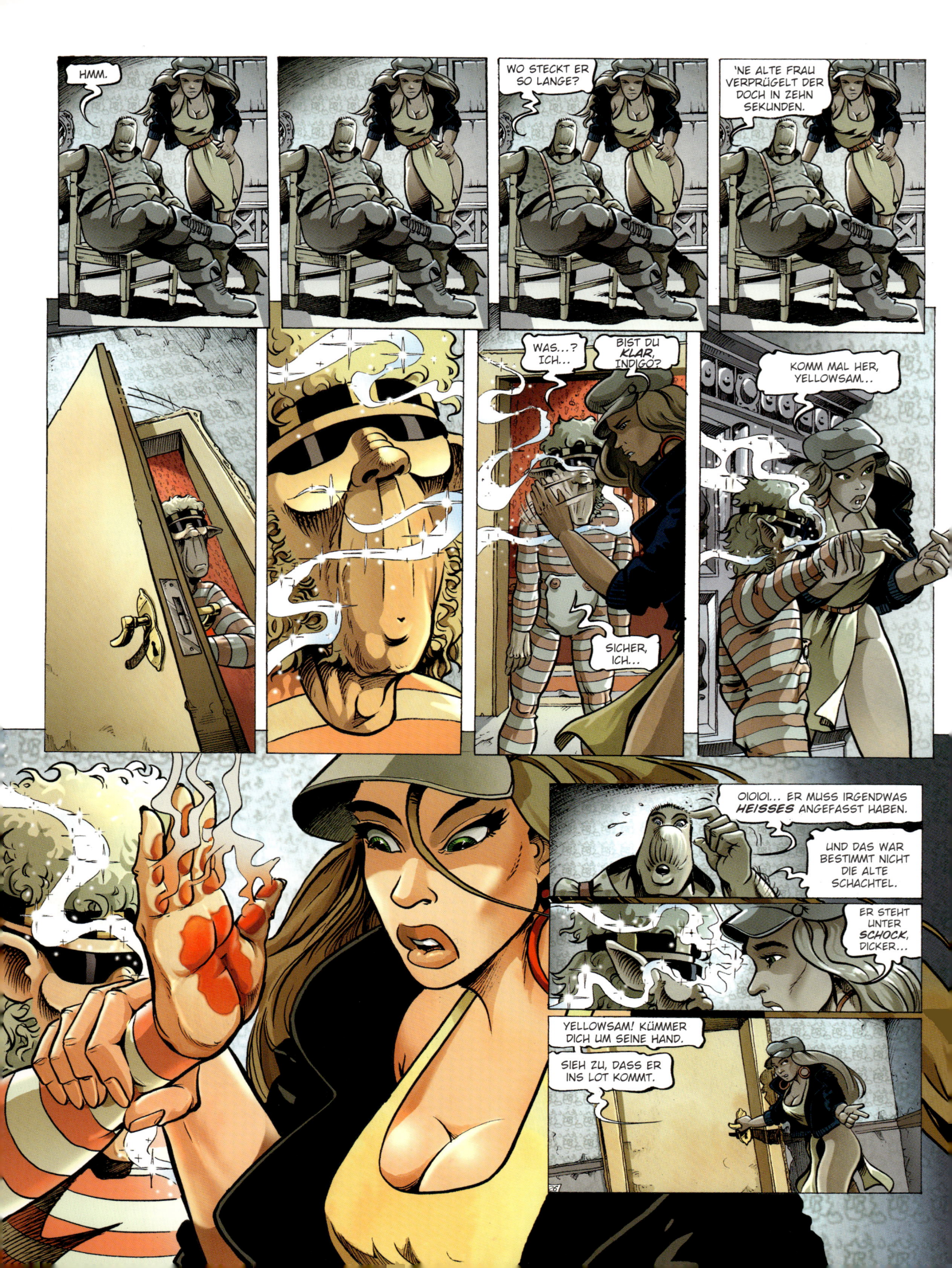

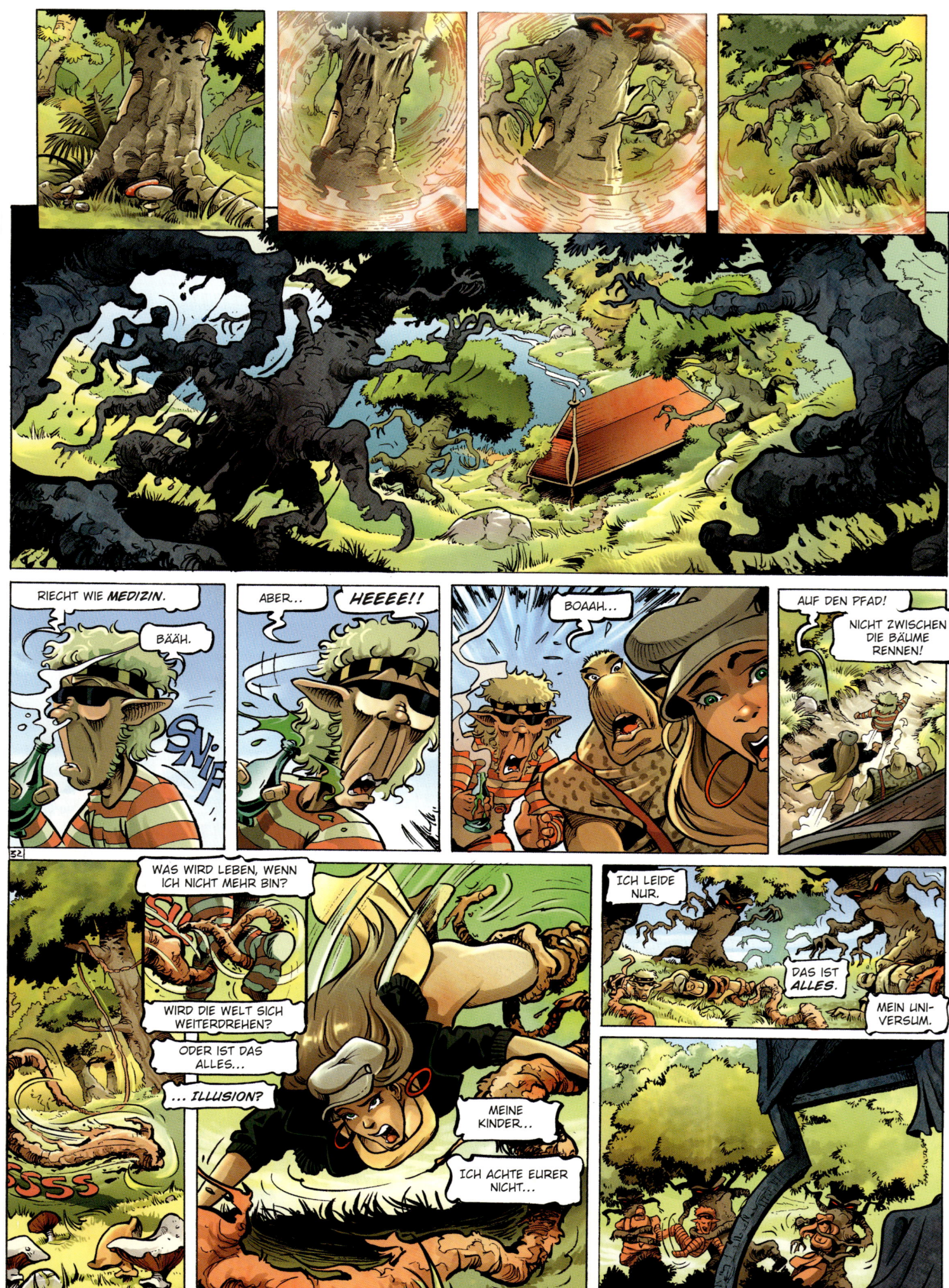

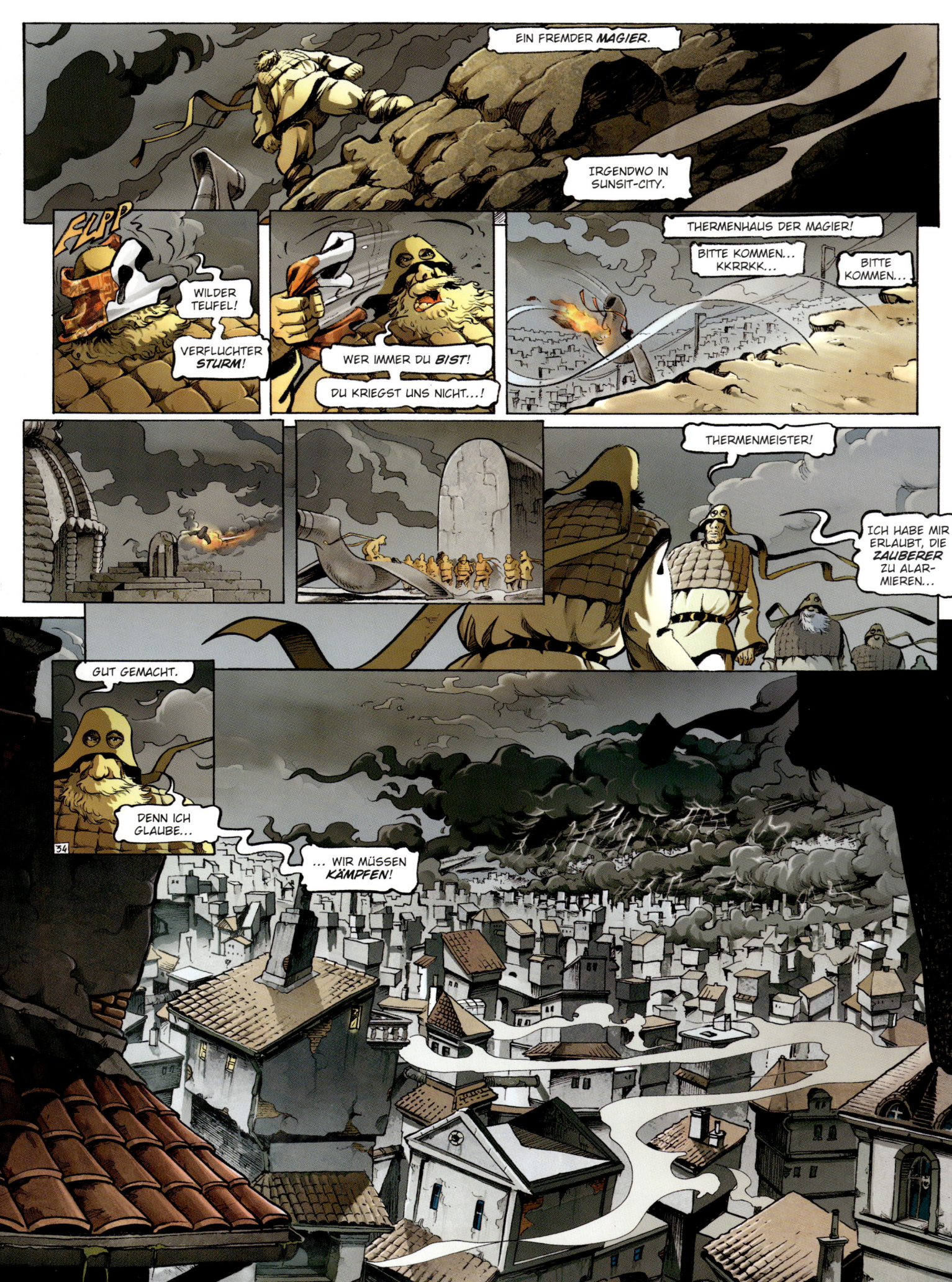

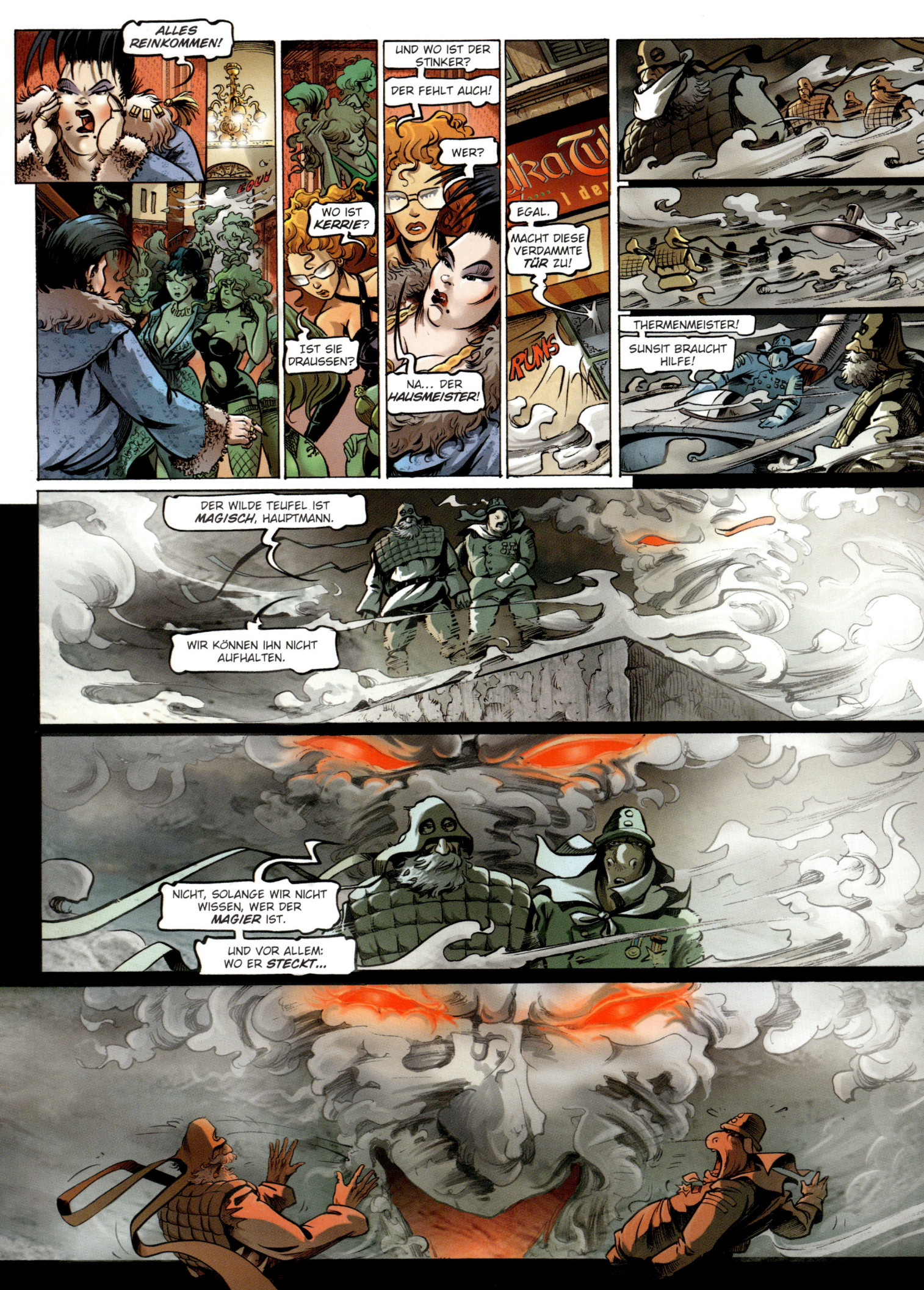

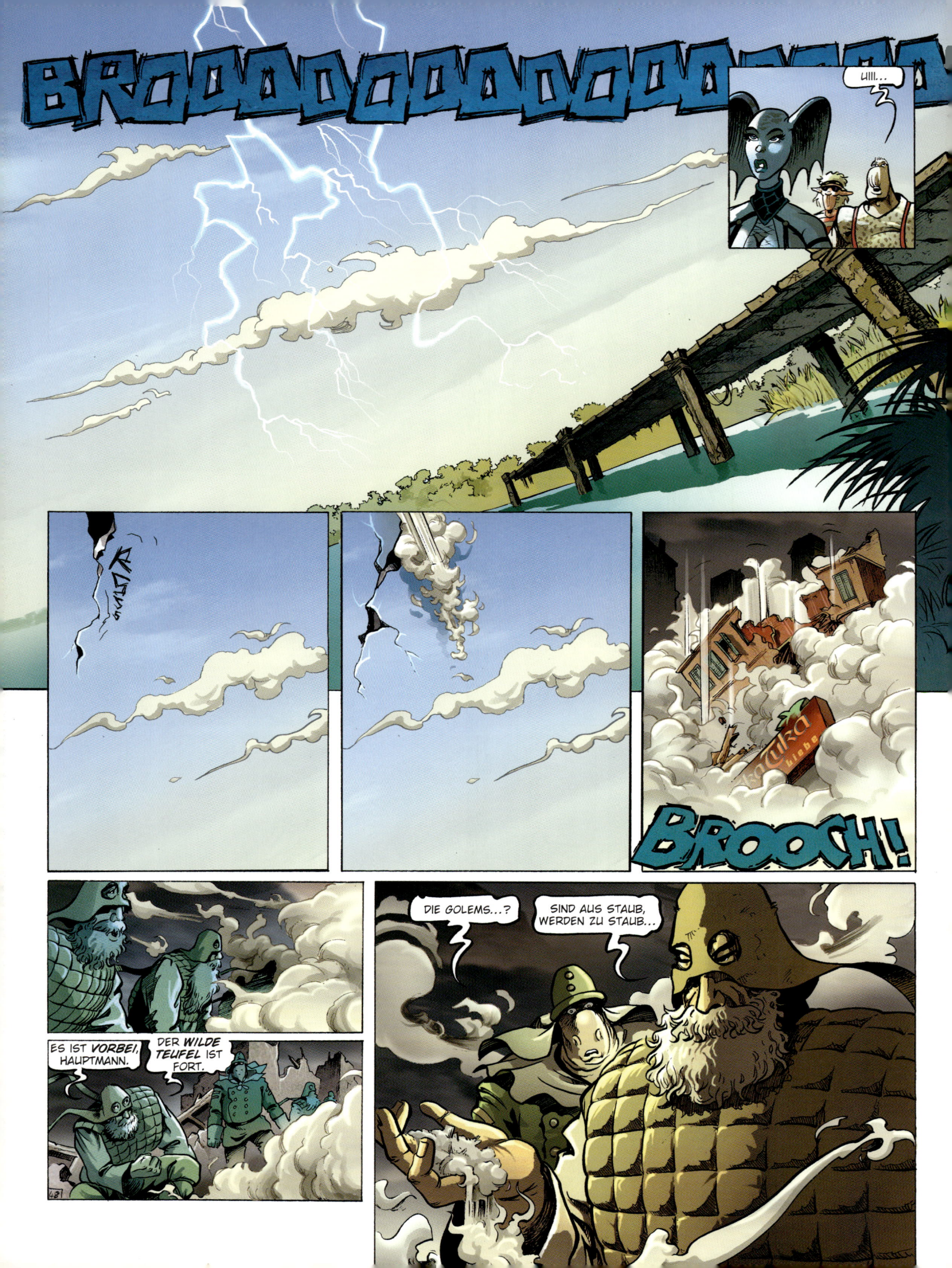

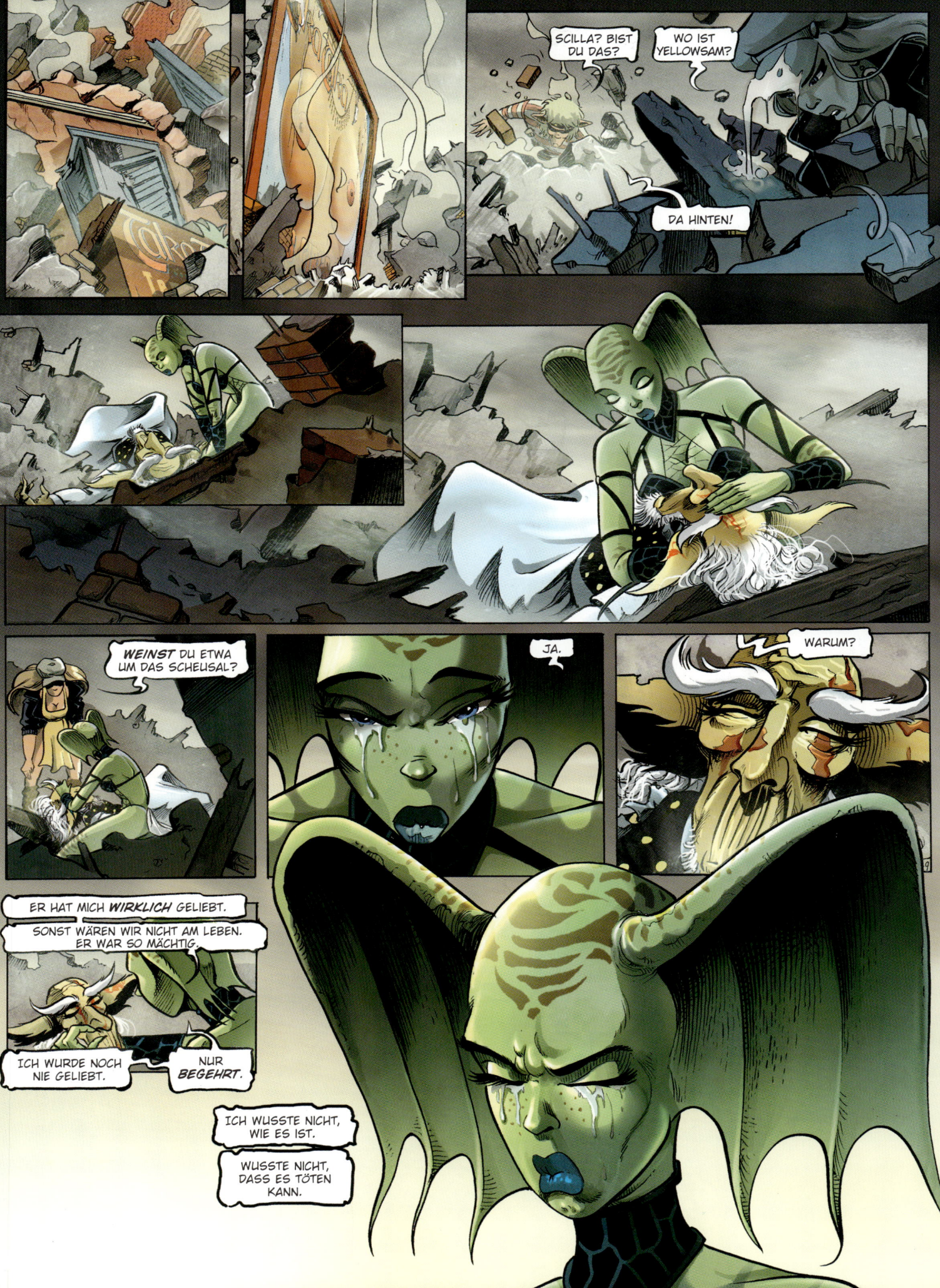